THE FIRST THOUSAND WORDS IN GERMAN

With Easy Pronunciation Guide

Heather Amery and Cornelie Tücking
Illustrated by Stephen Cartwright

Pronunciation Guide by Anne Koppel, BSc, MA

Zu Hause

die Badewanne

die Seife

der Wasserhahn

der Schaum

die Zahnbürste

das Wasser

das Handtuch

der Schwamm

die Brause

die Zahnpasta

das Waschbecken

die Toilette

das Bücherregal

der Tisch

das Radio

der Heizkörper

die Wolle

die Tapete

die Uhr

das Kissen

der Teppich

der Plattenspieler

4

die Lampe

das Bett

die Kommode

die Bürste

das Kopfkissen

der Kleiderschrank

der Vorleger

die Bilder*

die Daunendecke

die Kleider*

der Kamm

der Spiegel

das Bettlaken

die Treppe

die Spinne

der Sessel

die Briefe*

das Telefon

die Spinnwebe

die Fliege

die Haken*

die Zeitung

5

Die Küche

der Eisschrank

die Gläser*

die Uhr

die Löffel*

die Schürze

die Steckdose

die Töpfe*

die Untertassen*

das Bügeleisen

der Kessel

der Mop

der Staubsauger

der Ausguß

die Gabeln*

die Tür

das Staubtuch

der Hocker

das Poliermittel

die Messer*

6

der Herd

die Kacheln*

die Schublade

der Abfall

die Bratpfanne

die Waschmaschine

die Schaufel

die Teller*

das Bügelbrett

das Waschpulver

die Bürste

der Schrank

der Tisch

die Birne

die Tassen*

die Teelöffel*

die Zündhölzer*

der Schlüssel

der Besen

die Schüsseln*

7

Im Garten

der Schubkarren

der Bienenstock

die Schnecke

die Ziegelsteine*

der Mülleimer

die Raupe

der Spaten

die Ameise

der Vogel

die Dachrinne

die Leiter

die Samen*

8   der Schuppen

die Blumen*

der Wurm

der Rasensprenger

der Knochen

die Hecke

der Spaten

der Rasenmäher

der Weg

der Baum

die Heugabel

die Blätter*

der Besen

der Schlauch

die Hacke

der Rauch

die Biene

der Rechen

der Kinderwagen

die Wespe

das Gras

die Pflanzen*

das Feuer

die Stöcke*

das Vogelnest

das Gewächshaus

Die Werkstatt

das Sandpapier

der Bohrer

die Bolzen*

die Reißnägel*

die Säge

das Sägemehl

der Hammer

die Feile

der Werkzeugkasten

der Schraubenzieher

das Brett

der Farbtopf

die Späne*

das Taschenmess

10

das Faß

das Beil

die Muttern*

das Maßband

die Schrauben*

die Leiter

die Nägel*

der Schraubstock

das Brennholz

die Werkzeugbank

die Gefäße*

das Holz

der Hobel

11

Die Straße

die Tankstelle

der Krankenwagen

das Fahrrad

das Loch

das Café

der Bürgersteig

das Geschäft

die Ampel

der Schornstein

der Lastwagen

der Zebrastreifen

die Stufen*

der Mann

das Hotel

die Funkstreife

die Walze

der Preßlufthammer

die Schule

der Spielplatz

die Wohnungen

12

die Statue

der Bus

das Taxi

der Anhänger

die Röhren*

das Dach

der Markt

die Fabrik

die Fernsehantenne

der Lieferwagen

der Polizist

die Feuerwehr

das Haus

der Fahrer

der Laternenpfahl

die Frau

der Bagger

die Kirche

das Kino

das Auto

das Motorrad

13

Der Spielzeugladen

das Klavier

die Spielkarten*

das Puppenhaus

die Flöte

der Roboter

die Mundharmonika

die Murmeln*

die Kanone

der Photoapparat

die Perlen*

die Pfeife

die Rakete

die Würfel*

die Puppen*

die Raumfahrer*

das Schaukelpferd

der Kran

der Werkzeugkasten

die Bausteine*

die Dampfwalze

die Schläger*

die Gitarre

14

die Angelrute

der Malkasten

der Ton

der Fallschirm

die Schreib-
maschine

das Boot

die
Zielscheibe

der Panzer

die Soldaten*

die Festung

die
Sparbüchse

das
U-Boot

Eisenbahn die Trommeln* die Bälle* die Marionetten* der Rennwagen die Masken* Pfeil und Bogen die Trompete das Gewehr

15

der Ball

die Schnur

der Sandkasten

das Picknick

der Drachen

das Eis

der Hund

die Schaukeln*

das Tor

der Weg

die Kaulquappen*

die Rutschbahn

16

Der Park

der Frosch

der Busch

die Rollschuhe*

die Kinder*

der Roller

die Schwäne*

das Baby

die Erde

der Zaun

der Kindersport-wagen

die Tauben*

die Wippe

die Blumen*

die Pfütze

die Entchen*

das Springseil

das Boot

das Blumenbeet

die Bank

der See

die Hundeleine

die Enten*

die Bäume* 17

Im Tierpark

der Pandabär

die Fledermaus

der Pinguin

das Nilpferd

die Klaue

das Känguruh

der Flügel

der Adler

die Federn*

der Strauß

der Wolf

der Affe

der Pelikan

die Giraffe

der Gorilla

der Bär

der Löwe

der Biber

die Löwenjungen*

das Krokodil

das Geweih

der Hirsch

das Kamel

der Seehund

die Affen*

der Eisbär

der Rüssel

das Zebra

der Elefant

die Schwanzflosse

der Büffel

das Nashorn

der Haifisch

die Ziege

der Delphin

der Leopard

der Wal

der Tiger

19

Der Bahnhof

die Schienen*

der Schaffner

die Lokomotive

die Puffer*

der Speisewagen

die Waggons*

der Lokomotivführer

der Güterzug

der Bahnsteig

das Signal

der Kontrolleur

die Koffer*

Die Tankstelle

die Scheinwerfer*

der Motor

die Ölkanne

die Batterie

der Tankwagen

20

Der Flughafen

die Stewardeß

der Hubschrauber

die Landebahn

das Flugzeug

der Kontrollturm

der Pilot

die Autowäsche

der Kofferraum

die Luftpumpe

die Benzinpumpe

das Rad

der Reifen

der Schraubenschlüssel

die Kühlerhaube

der Abschleppwagen

das Öl

21

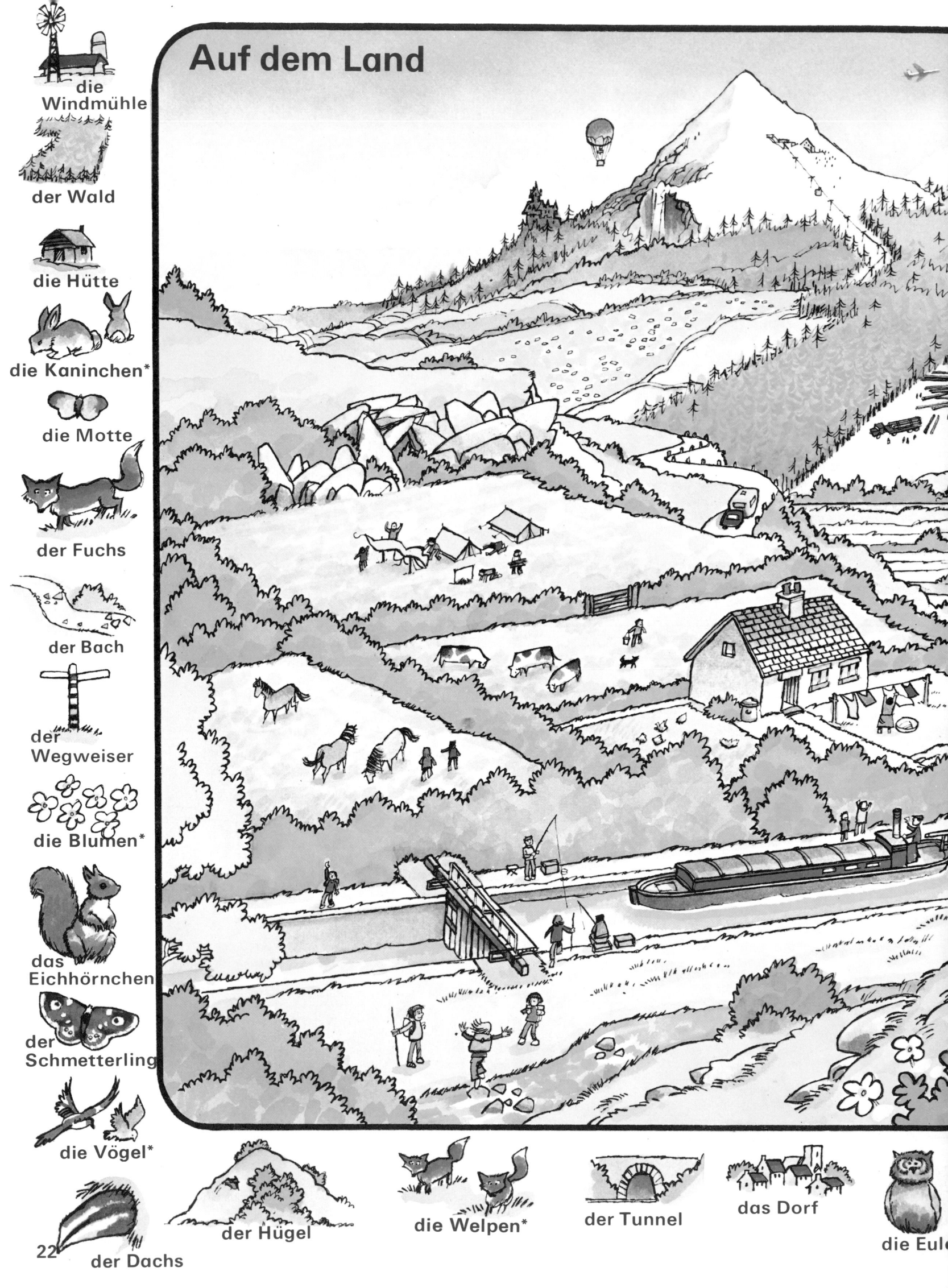

Auf dem Land

die Windmühle

der Wald

die Hütte

die Kaninchen*

die Motte

der Fuchs

der Bach

der Wegweiser

die Blumen*

das Eichhörnchen

der Schmetterling

die Vögel*

der Dachs

der Hügel

die Welpen*

der Tunnel

das Dorf

die Eule

22

der Ballon

der Wohnwagen

die Baumstämme*

die Zelte*

die Straße

die Brücke

der Lastkahn

der Wasserfall

der Berg

die Steine*

der Maulwurf

die Schleuse

der Angler

die Felsen*

der Kanal

der Fluß

der Zug

Der Bauernhof

der Teich

die Schafe*

der Heuschober

die Enten*

der Anhänger

die Lämmer*

der Zaun

der Speicher

der Schweinestall

der Stier

der Schlamm

die Ferkel*

die Scheune

der Stall

der Bauer

der Karren

das Pony

der Traktor

der Sattel

die Gänse*

die Strohballen*

die Säcke

24

der Lastwagen

der Obstgarten

der Hühnerstall

der Kuhstall

die Kuh

die Entchen*

der Hahn

das Kalb

der Pflug

der Schäferhund

der Schäfer

die Truthähne*

die Vogelscheuche

die Hühner*

die Schweine*

die Küchlein*

das Pferd

die Gänschen

das Heu

der Acker

das Getreide

das Bauernhaus

25

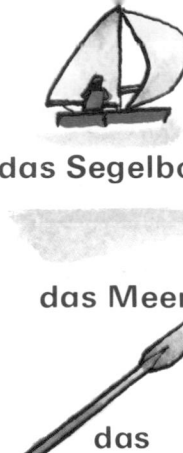
das Segelboot

das Meer

das Ruder

der Leuchtturm

der Spaten

der Eimer

der Seestern

die Sandburg

die Möwe

die Fahne

der Krebs

der Seemann

der Sonnenhut

Der Strand

die Boje

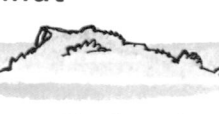
die Insel

der Hafen

der Liegestuhl

das Motorboot

die Wasserskiläuferin

26

die Wellen*

die Muschel

die Klippe

das Schiff

das Kanu

die Kiesel*

der Ball

die Felsen*

die Flossen*

die Algen*

das Netz

das Paddel

das Fischerboot

der Sonnenschirm   der Esel   der Öltanker   das Ruderboot   der Badeanzug   das Seil

In der Schule

das Aquarium

das Abzeichen

die Decke

die Bleistifte*

die Buben*

der Kalender

die Wand

der Papierkorb

die Schere

4+2 =
3-2 =

das Rechnen

das Lineal

das Pult

die 28 Photographien*

die Farben*

das Papier

die Pinsel*

die Klingel

a b c d e f g
h i j k l m n o
p q r s t u v
w x y z

das Abc

die Schachteln*

die Bücher*

a b c d e f g
h i j k l m n o
p q r s t u v
w x y z

das Bild

die Federn*

die Kreide

die Staffelei

der Boden

die Pflanzen*

die Mädchen*

der Globus

der Klebstoff

die Türklinke

der Notizblock

die Reißzwecken*

die Zeichnung   die Landkarte   die Buntstifte*   die Lampe   die Tafel   der Radiergummi   die Jalousie   die Lehrerin

29

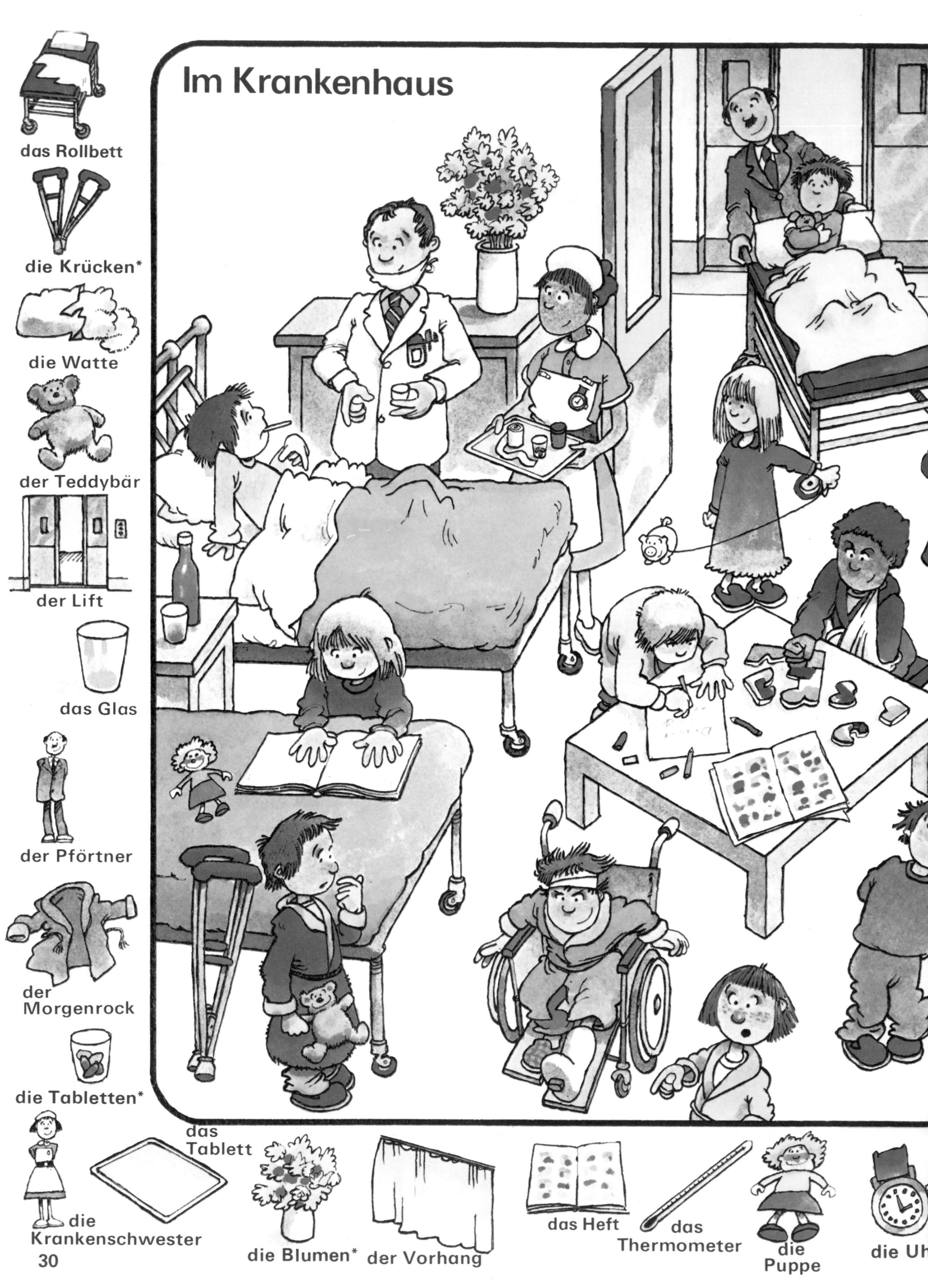

Im Krankenhaus

das Rollbett

die Krücken*

die Watte

der Teddybär

der Lift

das Glas

der Pförtner

der Morgenrock

die Tabletten*

die Krankenschwester

30

das Tablett

die Blumen*

der Vorhang

das Heft

das Thermometer

die Puppe

die Uhr

der Nachttisch

die Medizin

die Pantoffeln*

der Schlafanzug

die Spritze

der Obstsaft

das Nachthemd

der Schrank

der Fernseher

das Bett

die Fieberkurve

der Gips

der Verband

das blaue Auge

der Rollstuhl

das Puzzle

der Doktor

31

Die Party

die
Luftballons*

die/
Wunder-
kerzen*

die Hüte*

der Pudding

belegte
Brötchen*

der Mond

die Bonbons*

die Plätzchen*

die Tischdecke

die Schallplatten*   der Kuchen

die
Schokolade

die Rosinen-
semmeln*

der Lampion

die Spielsachen*

das Band

die Kerzen*

die Strohhalme*

die Sterne*

die Pakete*

der Pudding

die Geschenke*

das Fenster

das Fruchtgelee

das Feuerwerk

die Papierketten*

das Kostüm

33

die Bananen*

die Grapefruit*

der Salat

die Weintrauben*

der Blumenkohl

die Äpfel*

die Karotten*

der Lauch

der Kürbis

die Gurke

die Zitronen*

der Fenchel

die Bohnen*

die Kirschen*

die Aprikosen*

der Kohl

die Melone

Das Geschäft

KÄSE

FLEISCH

OBST

OBST

GEMÜSE

die Pilze*

die Tomaten*

die Erbsen*

die Pflaumen*

die Himbeeren*

die Zwiebeln*

die Pfirsiche*

die Ananas

die Kartoffeln*

der Spinat

34

FISCH

BROT

die Büchsen*

das Brot

die Butter

der Käse

das Hähnchen

die Eier*

der Fisch

das Mehl

die Marmelade

das Fleisch

die Würste*

der Joghurt

der Korb

die Flaschen*

er Rosenkohl

die Orangen*

die Erdbeeren*

die Tragtaschen*

die Kasse

die Waage

das Geld

der Einkaufswagen

der Geldbeutel

die Handtasche

35

Das Essen

das Frühstück

das Mittagessen

der Kaffee

das Hühnchen

die Marmelade

der Honig

die Spiegeleier*

die Milch

die Sahne

der Kakao

die Koteletts

das Bier

der Schinken

das Salz

der Pfeffer

36

das Abendessen

der Tee

der Fruchtsaft

die Nüsse*

das Fleisch

der Zucker

die Suppe

das Omelett

der Salat

der Eintopf

die Pfannkuchen*

die Brötchen*

der Reis

der Wein

die Spaghetti

die Soße

37

Ich

das Haar

die Augenbraue

das Auge

die Nase

die Backe

der Mund

die Lippen*

die Zähne*

die Zunge

das Kinn

der Hals

die Ohren*

der Kopf

das Gesicht

die Schultern*

die Arme*

der Ellbogen

die Hände*

die Finger*

die Daumen*

der Rücken

der Popo

die Brust

der Bauch

das Knie

die Zehen*

die Ferse

die Beine*

die Füße*

Meine Kleider

die Unterhose

das Unterhemd

die Hose

die Jeans

das T-Shirt

der Rock

das Hemd

die Krawatte

die kurze Hose

die Socken*

der Rollkragen

der Pullover

die Strickjacke

die Strumpfhose

die Bluse

das Kleid

die Turnschuhe*

die Halbschuhe*

die Sandalen*

die Stiefel*

die Handschuhe*

die Jacke

der Anorak

der Mantel

das Taschentuch

die Mütze

der Hut

der Gürtel

die Knöpfe*

die Knopflöcher*

die Taschen*

der Reißverschluß

die Schnallen*

die Schnürbänder*

der Schal

39

Leute

der Schauspieler

der Koch

die Tänzerin

der Schreiner

der Froschmann

der Astronaut

der Dirigent

der Clown

der Soldat

der Polizist

der Bauer

die Sängerin

der Verkäufer

der Rennfahrer

der Mechaniker

der Maler

40

der Feuerwehrmann

der Metzger

der Tiefseetaucher

der Postbote

der Lokomotivführer

der Anstreicher

der Bergsteiger

der Zahnarzt

der Pilot

der Richter

der Zoowärter

der Bäcker

die Familie

der Vater
der Ehemann

die
Mutter
die Ehefrau

die Tochter
die Schwester

der Sohn
der Bruder

die Tante

der
Onkel

der Cousin

die Großmutter

der Großvater

Tätigkeitswörter

lächeln

tragen

baden

denken

schreiben

kriechen

bauen

malen

hacken

zerbrechen

lesen

Zähne putzen

zuhören

mähen

fallen

waschen

verstecken

trinken

weinen

lachen

auffegen

stricken

sitzen

tanzen

fangen

blasen

klettern

spielen

kochen

raufen

schlafen

hüpfen

pflücken

warten

anschauen

werfen

erzählen

nehmen

essen

nähen

ziehen

singen

springen

graben

gewinnen

laufen

basteln

stehen

einkaufen

gehen

schieben

43

Gegenteile

lieb

böse

klein

groß

dick

dünn

halb

ganz

die oberste

die unterste

weich

hart

kalt

heiß

der erste

der letzte

weit

nahe

wenige

viele

leer

voll

schmutzig

sauber

links

hoch

niedrig

langsam

schnell

einfach

schwierig

lang

kurz

oben

unten

gut

scheußlich

auf

unter

vorne

hinten

naß

trocken

lebendig

tot

dunkel

hell

offen

zu

rechts

alt

neu

außen

innen

45

Wörter in Märchen und Geschichten

der Riese

die Burg

der Drache

der Ritter

der Besenstiel

die Hexe

die Pistole

die Kanone

der Pirat

der Schatz

der Pilz

die Elfe

der Zwerg

der Zauberstab

die Fee

der Brunnen

der Zauberer

der Räuber

die Wüste

der Indianer

der Sheriff

der Cowboy

die Kutsche

der Teufel

die Krone

der Page

die Prinzessin

das Schwert

der Prinz

die Königin

der König

der Palast

der Engel

der Dinosaurier

das Gefängnis

das Rentier

der Schlitten

der Weihnachtsmann

der Zauberer

die Hochzeit

der Bräutigam

die Braut

die Brautjungfern*

das Ungeheuer

der Geist

47

Haustiere

die Kaninchen*

die Katze

der Hund

die Goldfische*

die Eidechsen*

der Papagei

die Frösche*

der Igel

die Seidenraupen*

die Wellensittiche*

der Hamster

die Kröten*

die Hündchen*

die Tauben*

die Mäuse*

die Schlange

die Kätzchen*

die Schildkröten*

Das Wetter

die Wolken*

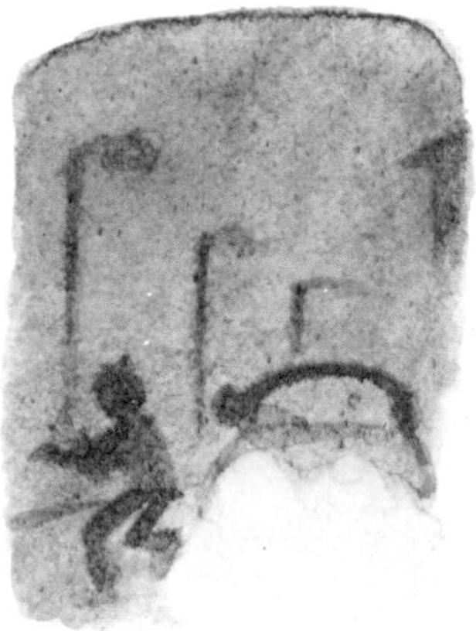

der Nebel

der Regen

der Frost

der Blitz

der Schnee

die Sonne

der Regenbogen

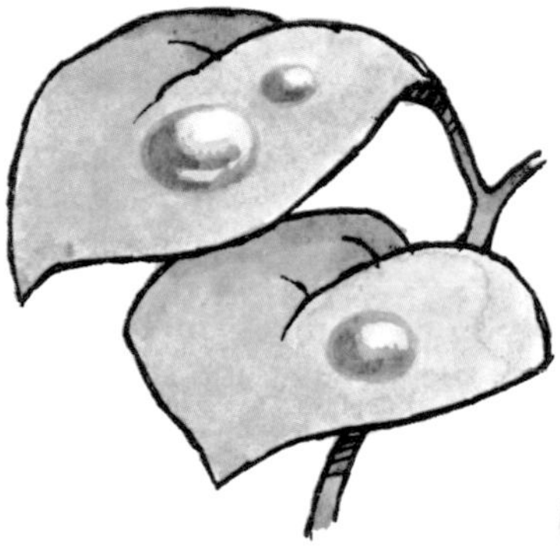

der Tau

der Wind

der Nebel

Jahreszeiten

der Frühling

der Sommer

der Herbst

der Winter

49

Der Sport

das Boxen

das Radrennen

der Baseball

das Schwimmen

das Fußballspielen

die Gymnastik

der Hochsprung

das Skilaufen

das Autorennen

das Tennis

das Pferderennen

der Eislauf

das Wettschießen

das Kricket

das Gewichtheben

das Pferdespringen

das Motorradrennen

das Reiten

das Segeln

das Tischtennis

das Rudern

das Ringen

der Korbball

das Judo

Farben

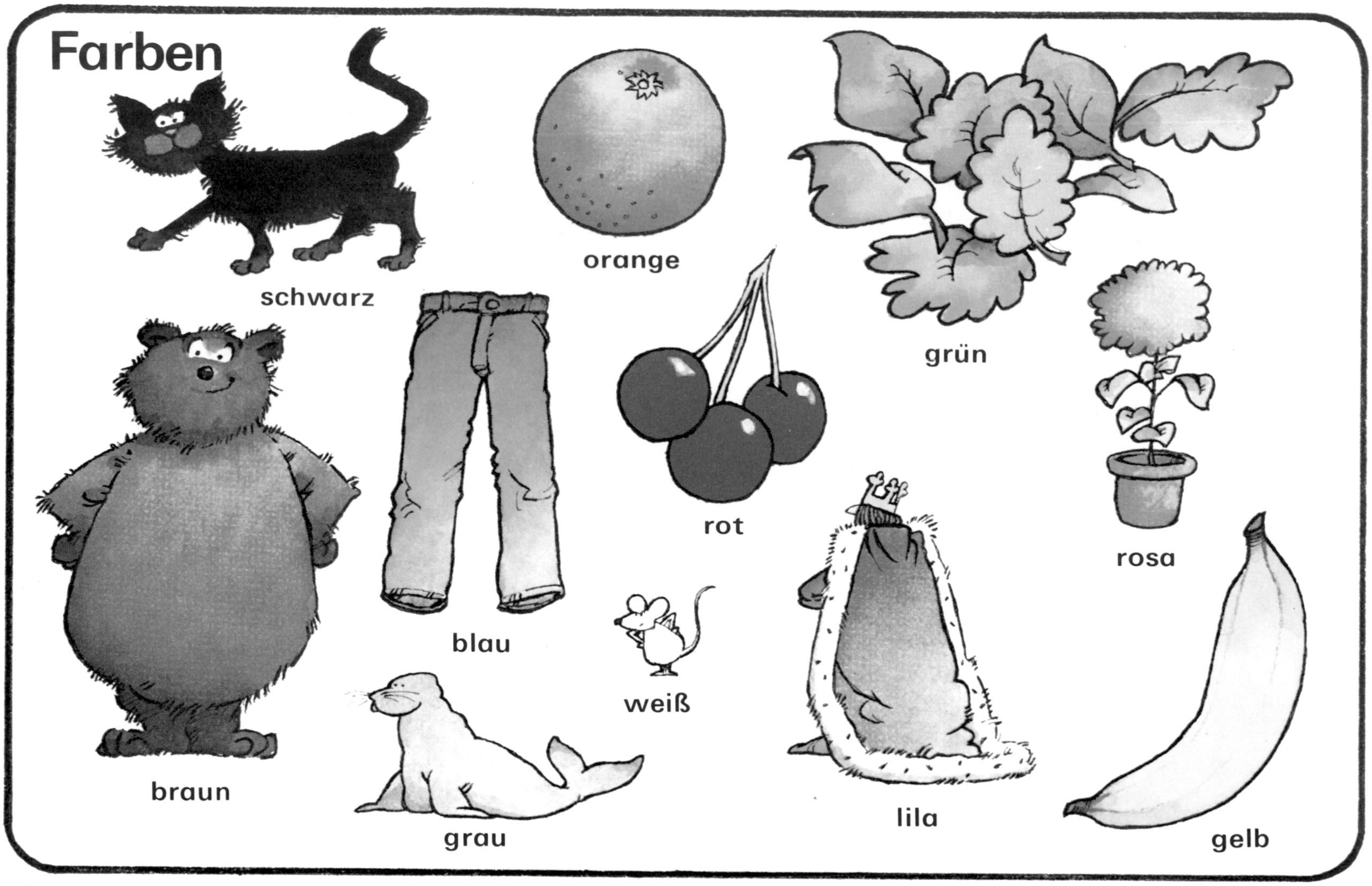

schwarz

orange

grün

braun

blau

rot

rosa

grau

weiß

lila

gelb

Formen

der Rhombus

der Kegel

der Würfel

der Kreis

das Oval

das Dreieck

der Stern

das Quadrat

die Sichel

52

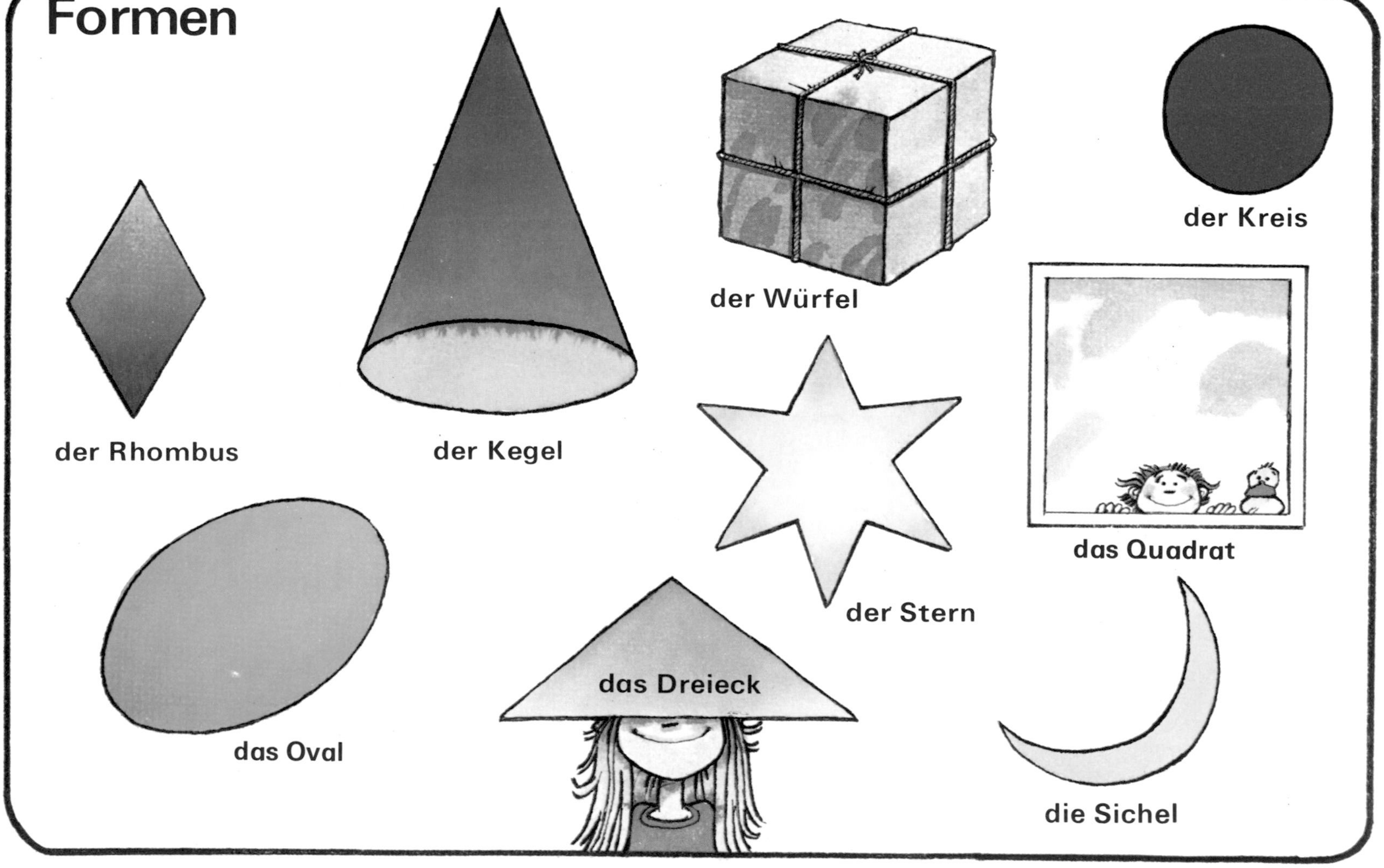

Zahlen

1	eins	
2	zwei	
3	drei	
4	vier	
5	fünf	
6	sechs	
7	sieben	
8	acht	
9	neun	
10	zehn	
11	elf	
12	zwölf	
13	dreizehn	
14	vierzehn	
15	fünfzehn	
16	sechzehn	
17	siebzehn	
18	achtzehn	
19	neunzehn	
20	zwanzig	

Der Jahrmarkt

das Karussell

die Matte

die Rutschbahn

das Riesenrad

die Autoskooter*

die Achterbahn

das Ringwerfen

das Popkorn

die Zuckerwatte

die Geisterbahn

die Schießbude

Der Zirkus

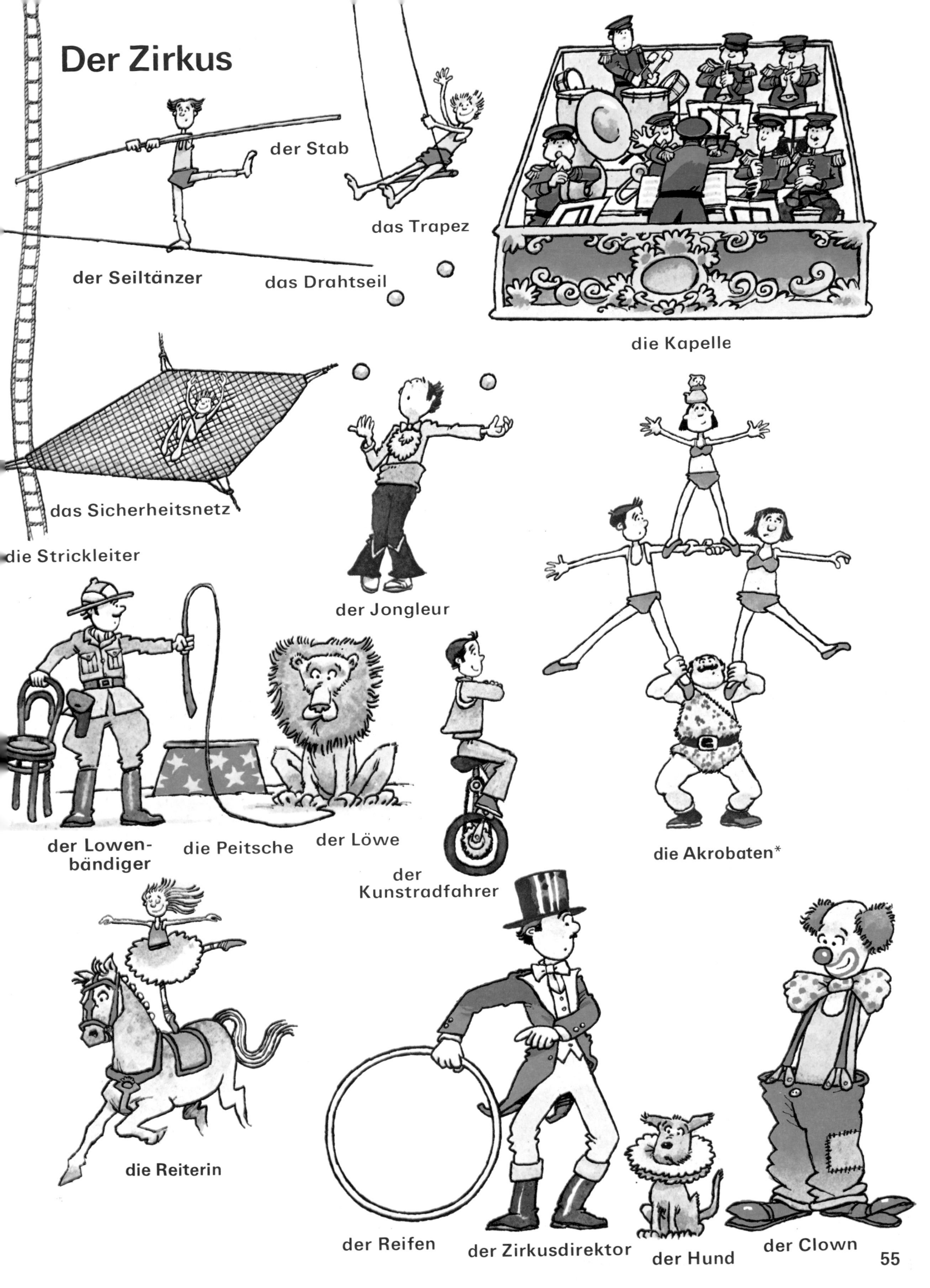

der Stab

das Trapez

der Seiltänzer

das Drahtseil

die Kapelle

das Sicherheitsnetz

die Strickleiter

der Jongleur

die Akrobaten*

der Lowen-
bändiger

die Peitsche

der Löwe

der
Kunstradfahrer

die Reiterin

der Reifen

der Zirkusdirektor

der Hund

der Clown

55

In this list of useful words, the English word comes first, then there is the German translation, followed by the pronunciation of the German word in *italics*.

On the next page is the start of the alphabetical list of all the words in the pictures in this book. Here the German word comes first, then there is its pronunciation in *italics*, followed by the English translation.

Although some German words look like English ones, they are not pronounced in the same way. And some letters have different sounds. In German, *w* sounds like English *v*, *v* sounds like *f*, *z* like *ts*, and *j* like *y* in *young*. There are also some sounds in German which are quite unlike sounds in English.

The pronunciation is a guide to help you say the words correctly. They may look funny or strange. Just read them as if they are English words, except

for these special rules:

ah is said like *a* in *farther*
a is said like *ah* but shorter
ow is like *ow* in *cow*
e(w) is different from any sound in English. To make it, say *ee* with your lips rounded.
ee is like *ee* in *week*
ay is like *ay* in *day*
y is like *y* in *try*, except when it comes before a vowel. Then it sounds like *y* in *young*.
g as *g* in *garden*
kh is said like *ch* in the Scottish word *loch* or the *h* in *huge*.
r is made at the back of your mouth and sounds a little like gargling.
e(r) is like the *e* in *the* (not *thee*). When the *r* is in brackets *(r)*, it is not said.
u(r) is like *i* in *bird*. The *r* is not said.

More useful words These words (not in the pictures) cannot be illustrated.

English	German	Pronunciation
about	ungefähr	*oon-gifferr*
after	nach	*nakh*
afternoon	der Nachmittag	*derr nakh-mittak*
again	wieder	*veeder*
all	alle	*alle(r)*
always	immer	*immer*
and	und	*oont*
to ask	fragen	*frahgen*
at	bei	*by*
to be	sein	*zine*
because	weil	*vile*
to bring	bringen	*bringen*
but	aber	*aber*
by	von	*fon*
to call	rufen	*roofen*
to come	kommen	*kommen*
day	der Tag	*derr takh*
each	jeder	*yayder*
early	früh	*frew*
excuse me	Entschuldigung	*ent-shool-diggoong*
to finish	beenden	*be(r)-enden*
for	für	*fewr*
friend	der Freund	*derr froynt*
from	von	*fon*
to go	gehen	*gayen*
happy	glücklich	*glewklikh*
to have	haben	*ha-ben*
he	er	*air*
to hear	hören	*hu(r)-ren*
to help	helfen	*helfen*
her	ihr	*eer*
here	hier	*heer*
his	sein	*zine*
hungry	hungrig	*hoon-grig*
I	ich	*ikh*
if	wenn	*ven*
just	gerade, nur	*ge(r)-rahde(r), noor*
to keep	behalten	*be(r)-halten*
to know	wissen	*vissen*
late	spät	*shpayt*
to leave	lassen, verlassen	*lassen, ferlassen*
to learn	lernen	*lernen*
to let	lassen	*lassen*
to like	mögen	*mu(r)-gen*
to look	anschauen	*an-showen*
lot	viel	*feel*
to love	lieben	*leeben*
month	der Monat	*derr moan-at*
more	mehr	*mair*
morning	der Morgen	*derr morgen*
my	mein	*mine*
myself	ich selber	*ikh zelber*
name	der Name	*derr nahme(r)*
near	nahe	*nah*
never	nie	*nee*
next	nächst	*nekhst*
night	die Nacht	*dee nakht*
no	nein	*nine*
now	jetzt	*yetst*
of	von	*fon*
once	einmal	*yne-mal*
other	andere	*andirre(r)*
our	unser	*oonzer*
please	bitte	*bitte(r)*
poor	arm	*arm*
pretty	hübsch	*hewpsh*
sad	traurig	*trowrikh*
to see	sehen	*zayen*
to sell	verkaufen	*ferkowfen*
she	sie	*zee*
to show	zeigen	*tsygen*
soon	bald	*balt*
some	einige	*eye-nigge(r)*
sorry	es tut mir leid	*es toot meer lyte*
to stay	bleiben	*blyben*
thank you	Danke schön	*danker shu(r)n*
then	dann	*dan*
there	da	*dah*
these	diese	*deeze(r)*
they	sie	*zee*
thirsty	durstig	*doorshtikh*
this	dies	*deess*
time	die Zeit	*dee tsyt*
to	zu	*tsoo*
today	heute	*hoyte(r)*
tomorrow	morgen	*morgen*
to touch	berühren	*be(r)-rewren*
to try	versuchen	*ferzookhen*
very	sehr	*zair*
to want	wollen	*vollen*
we	wir	*veer*
week	die Woche	*dee vokhe(r)*
when	wann	*vann*
where	wo	*vo*
why	warum	*varoom*
with	mit	*mit*
year	das Jahr	*dass yahr*
yes	ja	*ya*
yesterday	gestern	*gestern*
you	du, ihr, Sie	*doo, eer, zee*

Index   Words in the pictures

German	Pronunciation	English
das Abc	dass ah-bay-tsay	alphabet
das Abendessen	dass ahbent-essen	supper
der Abfall	derr apfal	rubbish
der Abschleppwagen	derr ap-shlepp-vahgen	breakdown lorry
das Abzeichen	dass ap-tsy-khen	badge
acht	akht	eight
die Achterbahn	dee akhter-bahn	big dipper
achtzehn	akhtsayn	eighteen
der Acker	derr akker	field
der Adler	derr ahdler	eagle
der Affe	dee affe(r)	ape, monkey
der Akrobat	derr Akrobat	acrobat
die Alge	dee alge(r)	seaweed
alt	alt	old
die Ameise	dee a-mise(r)	ant
die Ampel	dee ampel	traffic light
die Ananas	dee an-an-ass	pineapple
anfangen	anfangen	to start
der Angler	derr angler	fisherman
die Angelrute	dee angle-roote(r)	fishing rod
der Anhänger	derr anhenger	trailer
der Anorak	derr anorak	anorak
anschauen	anshowen	to look
der Anstreicher	derr an-shtry-kher	painter
der Apfel	derr apfel	apple
die Aprikose	dee apree-koze(r)	apricot
das Aquarium	dass a-kvarrioom	aquarium
arbeiten	ar-biten	to work
der Arm	derr arm	arm
der Astronaut	derr astro-nowt	astronaut
auf	owf	over
auffegen	owf-faygen	to sweep
das Auge	dass owge(r)	eye
die Augenbraue	dee owgen-browe(r)	eyebrow
der Ausguß	derr owss-goose	sink, kitchen
außen	owssen	outside
das Auto	dass owto	car
das Autorennen	dass owto-rennen	motor racing
der Autoscooter	derr owto-scooter	dodgem car
die Autowäsche	dee owto-veshe(r)	car wash
das Baby	dass baby	baby
die Backe	dee ba-ke(r)	cheek
der Bäcker	derr becker	baker
der Badeanzug	derr bahde(r)-antsook	swimsuit
baden	bahden	to bath
die Badewanne	dee bahde(r)-vahne(r)	bath
der Bagger	derr bagger	road digger
der Bahnhof	derr bahn-hoaf	railway station
der Bahnsteig	derr bahn-shtike	platform
der Ball	derr bal	ball
der Ballon	derr ballon	balloon
die Banane	dee banane(r)	banana
das Band	dass bant	ribbon
die Bank	dee bank	bench
der Bär	derr bear	bear
der Baseball	derr baseball	baseball
basteln	bast-eln	to make
die Batterie	dee batteree	battery
der Bauch	derr bowkh	stomach
bauen	bowen	to build
der Bauer	der bower	farmer
das Bauernhaus	dass bowern-house	farm house
der Bauernhof	derr bowern-hoaf	farm
der Baum	derr bowm	tree
der Baumstamm	derr bowm-shtamm	log
der Baustein	derr bow-shtine	block
das Beil	dass bile	axe
das Bein	dass bine	leg
das belegte Brötchen	dass be(r)-laygte(r) bru(r)tkhen	sandwich
die Benzinpumpe	dee bentseen-poompe(r)	petrol pump
der Berg	derr berg	mountain
der Bergsteiger	derr berg-shtyger	mountaineer
der Besen	derr bayzen	broom
der Besenstiel	derr bayzen-shteel	broomstick
das Bett	dass bet	bed
das Bettlaken	dass bet-lahken	sheet
der Biber	derr beeber	beaver
die Biene	dee beene(r)	bee
der Bienenstock	derr beenen-shtock	beehive
das Bier	dass beer	beer
das Bild	dass bilt	picture
die Birne	dee beerne(r)	bulb
blasen	blahzen	to blow
das Blatt	dass blatt	leaf
blau	blaow	blue
das blaue Auge	dass blao-we(r) owge(r)	black eye
der Bleistift	derr bly-shtift	pencil
der Blitz	derr blits	lightning
die Blume	dee bloome(r)	flower
das Blumenbeet	dass bloomen-bait	flower bed
der Blumenkohl	derr bloomen-koal	cauliflower
die Bluse	dee blooze(r)	blouse
der Boden	derr boden	floor, ground
die Bohne	dee bohne(r)	bean
der Bohrer	derr borer	drill
die Boje	dee boye(r)	buoy
der Bolzen	derr boltsen	bolt
das Bonbon	dass bonbon	sweet
das Boot	dass boat	boat
böse	bu(r)ze(r)	bad
das Boxen	dass boxen	boxing
die Bratpfanne	dee brat-pfanne(r)	frying pan
braun	brown	brown
die Brause	dee browze(r)	shower
die Braut	dee browt	bride
der Bräutigam	derr broy-tee-gam	bridegroom
die Brautjungfer	dee browt-joongfer	bridesmaid
das Brennholz	dass brenn-holts	firewood
das Brett	dass brett	plank
der Brief	derr breef	letter
das Brot	dass broat	bread
das Brötchen	dass bru(r)tkhen	bun, bread roll
die Brücke	dee brewke(r)	bridge
der Bruder	derr brooder	brother
der Brunnen	derr broonen	well
die Brust	dee broost	chest
der Bub	derr boop	boy
das Buch	dass boukh	book
das Bücherregal	dass bewkher-regal	book case
die Büchse	dee bewkse(r)	tin
der Büffel	derr bewffel	buffalo
das Bügelbrett	dass bewgel-brett	ironing board
das Bügeleisen	dass bewgel-ysen	iron
der Buntstift	derr boont-shtift	crayon
die Burg	dee boork	castle
der Bürgersteig	derr bewrger-shtike	pavement
die Bürste	dee bewrste(r)	brush
der Bus	derr booss	bus
der Busch	derr boosh	bush
die Butter	dee booter	butter
das Café	dass kaffay	café
der Clown	derr clown	clown
der Comic	derr komeek	comic
der Cousin (m)	derr koo-zeen	cousin
die Cousine (f)	dee koo-zeene(r)	cousin
der Cowboy	derr cowboy	cowboy
das Dach	dass dakh	roof
die Dachrinne	dee dakh-rinne(r)	gutter
der Dachs	derr daks	badger
die Dampfwalze	dee dampf-valtse(r)	steam-roller
der Daumen	derr dowmen	thumb

die Daunendecke	*dee downen-decke(r)*	eiderdown
die Decke	*dee decke(r)*	ceiling, blanket
der Delphin	*derr delfeen*	dolphin
denken	*deng-ken*	to think
dick	*deek*	fat
der Dinosaurier	*derr deeno-sowrie(r)*	dinosaur
der Dirigent	*derr dirrigent*	conductor
der Doktor	*derr doctor*	doctor
das Dorf	*dass dorf*	village
der Drache	*derr drakhe(r)*	dragon
der Drachen	*derr drakhen*	kite
das Drahtseil	*dass draht-zile*	tight rope
drei	*dry*	three
das Dreieck	*dass dry-eck*	triangle
dreizehn	*dry-tsane*	thirteen
dunkel	*doongkel*	dark
dünn	*dewn*	thin
durch	*doorkh*	through
die Ehefrau	*dee aye(r)-frow*	wife
der Ehemann	*der aye(r)-man*	husband
das Ei	*dass eye*	egg
das Eichhörnchen	*dass ykh-hurn-khen*	squirrel
die Eidechse	*dee yde-ekse(r)*	lizard
der Eimer	*derr eye-mer*	bucket
einfach	*yne-fakh*	easy
einkaufen	*yne-kowf-en*	to buy
der Einkaufswagen	*der yne-kowfs-vahgen*	trolley
eins	*ynss*	one
der Eintopf	*derr yne-topf*	stew
das Eis	*dass ice*	icecream
der Eisbär	*derr ice-bear*	polar bear
die Eisenbahn	*dee yzen-bahn*	train set
der Eislauf	*derr ice-lowf*	skating
der Eisschrank	*derr ice-shrank*	refrigerator
der Elefant	*derr elephant*	elephant
elf	*elf*	eleven
die Elfe	*dee elfe(r)*	elf
der Ellbogen	*derr elbogen*	elbow
der Engel	*derr engel*	angel
die Ente	*dee ente(r)*	duck
das Entchen	*dass ent-khen*	duckling
der Erdarbeiter	*derr ert-arbiter*	digger
die Erbse	*dee erpse(r)*	pea
die Erdbeere	*dee ert-berre(r)*	strawberry
die Erde	*dee erde(r)*	earth
der erste	*derr erste(r)*	first
erzählen	*er-tsay-len*	to tell
der Esel	*derr ayzel*	donkey
essen	*essen*	to eat
das Essen	*dass essen*	food
die Eule	*dee oyle(r)*	owl
die Fabrik	*dee fabreek*	factory
die Fahne	*dee fahne(r)*	flag
der Fahrer	*derr fahrer*	driver
das Fahrrad	*dass far-rat*	bicycle
fallen	*fa-len*	to fall
der Fallschirm	*derr fal-sheerm*	parachute
die Familie	*dee fameelye(r)*	family
fangen	*fang-en*	to catch
die Farbe	*dee farbe(r)*	colour
der Farbtopf	*derr farp-topf*	paint pot
das Faß	*dass fass*	barrel
die Feder	*dee fayder*	feather, pen
die Fee	*dee fay*	fairy
die Feile	*dee file(r)*	file
der Felsen	*derr felzen*	rock
der Fenchel	*derr fenkhel*	fennel
das Fenster	*dass fenster*	window
das Ferkel	*dass ferkel*	piglet
die Fernsehantenne	*dee fernzay-antenne(r)*	television aerial
das Fernsehen	*dass fern-zayen*	television
die Ferse	*dee ferze(r)*	heel
die Festung	*dee festoong*	fort
das Feuer	*dass foyer*	fire, bonfire
die Feuerwehr	*dee foyer-ver*	fire engine
der Fenerwehrmann	*derr foyer-ver-man*	fireman
der Feuerwerk	*dass foyer-verk*	firework
die Fieberkurve	*dee feeber-koorve(r)*	chart
der Finger	*derr fing-er*	finger
der Fisch	*derr fish*	fish
das Fischerboot	*dass fisher-boat*	fishing boat
die Flasche	*dee flashe(r)*	bottle
die Fledermaus	*dee flayder-mouse*	bat
das Fleisch	*dass flysh*	meat
die Fliege	*dee fleege(r)*	fly
die Flosse	*dee flosse(r)*	flipper
die Flöte	*dee flu(r)te(r)*	recorder
der Flügel	*derr flewgel*	wing
der Flughafen	*derr floog-hahfen*	airport
das Flugzeug	*dass floog-tsoyk*	aeroplane
der Fluß	*derr flooss*	river
die Form	*dee form*	shape
die Frau	*dee frow*	woman
der Freund	*derr froynt*	friend
der Frosch	*derr frosh*	frog
der Froschmann	*derr frosh-man*	frogman
der Frost	*derr frost*	frost
das Fruchtgelee	*dass frookht-jellay*	jelly
der Fruchtsaft	*derr frookht-zaft*	fruit juice
der Frühling	*derr frewling*	spring
das Frühstück	*dass frew-shoo*	breakfast
der Fuchs	*derr fooks*	fox
fünf	*fewnf*	five
fünfzehn	*fewnf-tsayn*	fifteen
die Funkstreife	*dee foonk-shtrife(r)*	police car
der Fuß	*derr fooss*	foot
der Fußball	*derr fooss-bal*	football
das Fußballspielen	*dass fooss-bal-speelen*	football (to play)
die Gabel	*dee gahbel*	fork
die Gans	*dee ganss*	goose
das Gänschen	*dass genss-khen*	gosling
der Garten	*derr garten*	garden
ganz	*gants*	whole
das Gefängnis	*dass gefeng-niss*	prison
das Gefäß	*dass gefess*	jar
gehen	*gayen*	to walk
der Geist	*derr gyst*	ghost
die Geisterbahn	*dee gyster-bahn*	ghost train
gelb	*gelp*	yellow
das Geld	*dass gelt*	money
das Gemüse	*dass ge(r)-mewze(r)*	vegetable
das Geschäft	*dass ge(r)-sheft*	shop
das Geschenk	*dass ge(r)-shenk*	present
die Geschichte	*dee ge(r)-shikhte(r)*	story
das Gesicht	*dass ge(r)-zikht*	face
das Getreide	*dass ge(r)-tryde(r)*	corn
das Gewächshaus	*dass ge(r)-vecks-house*	greenhouse
das Gewehr	*dass geverr*	gun
das Gewichtheben	*dass gevikt-hayben*	weight-lifting
gewinnen	*ge(r)-vinnen*	to win
der Gips	*derr gips*	plaster
die Giraffe	*dee gee-raffe(r)*	giraffe
die Gitarre	*dee gittarre(r)*	guitar
das Glas	*dass glass*	glass
der Globus	*derr globe-ooss*	globe
glücklich	*glewk-likh*	happy
der Goldfisch	*derr golt-fish*	goldfish
der Gorilla	*derr gorilla*	gorilla
graben	*grahben*	to dig
die Grapefruit	*dee grape-fruit*	grapefruit
das Gras	*dass grass*	grass
grau	*graow*	grey
die Grille	*dee grille(r)*	cricket
groß	*gross*	big
die Großmutter	*dee gross-mooter*	grandmother
der Großvater	*derr gross-fahter*	grandfather

grün	grewn	green
die Gurke	dee goorke(r)	cucumber
der Gürtel	derr gewrtel	belt
gut	goot	nice
der Güterzug	derr gewter-tzook	goods train
die Gymnastik	dee gewm-nasteek	gymnastics

das Haar	dass har	hair
die Hacke	dee hacke(r)	hoe
hacken	hacken	to chop
der Hafen	derr ha-fen	harbour
der Hahn	derr hahn	cock
der Haifisch	derr high-fish	shark
der Haken	derr ha-ken	peg
halb	halp	half
der Halbschuh	derr halp-shoo	shoe
der Hals	derr halss	neck
der Hammer	derr hammer	hammer
der Hamster	derr hamster	hamster
die Hand	dee hant	hand
der Handschuh	derr hant-shoo	glove
die Handtasche	dee hant-tashe(r)	handbag
das Handtuch	dass hant-tookh	towel
hart	hart	hard
das Haus	dass house	house
das Haustier	dass house-teer	pet
die Hecke	dee hecke(r)	hedge
heiß	hyss	hot
der Heizkörper	derr hyts-ku(r)rer	radiator
hell	hell	light
das Hemd	dass hemt	shirt
der Herbst	derr herpst	autumn
der Herd	derr herrt	cooker
das Heu	dass hoy	hay
die Heugabel	dee hoy-gahbel	fork
der Heuschober	derr hoy-shober	haystack
die Hexe	dee hexe(r)	witch
die Himbeere	dee him-bayre(r)	raspberry
hinten	hinten	back
hinter	hinter	behind
der Hobel	derr hoabel	plane
hoch	hoakh	high
der Hochsprung	derr hoakh-shproong	high jump
die Hochzeit	dee hokh-tsite	wedding
der Hocker	derr hucker	stool
das Holz	dass holts	wood
der Honig	derr hoanikh	honey
das Horn	dass horn	horn
die Hosen	dee hozen	trousers
das Hotel	dass hotel	hotel
der Hubschrauber	derr hoob-shrowber	helicopter
der Hügel	derr hewgel	hill
das Huhn	dass hoon	hen
das Hühnchen	dass hewnkhen	chicken
der Hühnerstall	derr hewner-shtal	henhouse
der Hund	derr hoont	dog
das Hündchen	dass hewnt-khen	puppy
die Hundeleine	dee hoonde(r)-line(r)	dog lead
hüpfen	hewpfen	to skip
der Hut	derr hoot	hat
die Hütte	dee hewte(r)	cottage

der Igel	derr eegel	hedgehog
der Indianer	derr indianer	Indian
innen	innen	inside
die Insel	dee inzel	island

die Jacke	dee yacke(r)	jacket
die Jahreszeit	dee yahrez-tsite	season
der Jahrmarkt	derr yar-markt	fairground
die Jalousie	dee ya-loo-zee	blind (window)
die Jeans	dee jeans	jeans
der Joghurt	derr yogoort	yoghurt

der Jongleur	derr yonglu(r)r	juggler
das Judo	dass yoodo	judo

die Kachel	dee kakhel	tile
der Kaffee	derr kaffay	coffee
der Kahn	derr kahn	barge
der Kakao	derr ka-kao	cocoa
das Kalb	dass kalp	calf
der Kalender	derr kalender	calendar
kalt	kalt	cold
das Kamel	dass kamayl	camel
der Kamm	derr kamm	comb
der Kanal	derr canal	canal
das Känguruh	dass kengeroo	kangaroo
das Kaninchen	dass kaneen-khen	rabbit
die Kanone	dee kanone(r)	cannon
das Kanu	dass kahnoo	canoe
die Kapelle	dee kapelle(r)	band
die Karotte	dee karotte(r)	carrot
der Karren	derr karren	cart
die Karte	dee karte(r)	map, card
die Kartoffel	dee kartoffel	potato
das Karussel	dass ka-roo-sell	roundabout
der Käse	derr kayze(r)	cheese
die Kasse	dee kasse(r)	cash desk
das Kätzchen	dass kets-khen	kitten
die Katze	dee katse(r)	cat
kaufen	kowfen	to buy
die Kaulquappe	dee kowl-kvappe(r)	tadpole
der Kegel	derr kaygel	cone
die Kerze	dee kertse(r)	candle
der Kessel	derr kessel	kettle
der Kiesel	derr keezel	pebble
das Kind	dass kint	child
der Kindersportwagen	derr kinder-shport-vahgen	pushchair
der Kinderwagen	derr kin-der-vahgen	pram
das Kinn	dass kin	chin
das Kino	dass keeno	cinema
die Kirche	dee kirkhe(r)	church
die Kirsche	dee kirshe(r)	cherry
das Kissen	dass kissen	cushion
die Klaue	dee klowe(r)	paw
das Klavier	dass klaveer	piano
der Klebstoff	derr klayb-shtoff	glue
das Kleid	dass klyt	dress
die Kleider	dee klyder	clothes
der Kleiderschrank	derr klyder-shrank	wardrobe
klein	klyn	small
klettern	klettern	to climb
die Klingel	dee kling-el	bell
die Klippe	dee klippe(r)	cliff
das Knie	dass knee	knee
der Knochen	dass knokhen	bone
der Knopf	derr knopf	button
das Knopfloch	dass knopf-lokh	button hole
der Koch	derr kokh	cook
kochen	kokhen	to cook
der Koffer	derr koffer	suitcase
der Kofferraum	derr koffer-rowm	boot (of car)
der Kohl	derr koal	cabbage
die Kolonialwaren	dee kolonial-vahren	groceries
die Kommode	dee kommode(r)	chest-of-drawers
der König	derr ku(r)nikh	king
die Königin	dee ku(r)nigin	queen
der Kontrolleur	derr kontrolloor	ticket collector
der Kontrollturm	derr kontroll-toorm	control tower
der Kopf	derr kopf	head
das Kopfkissen	dass kopf-kissen	pillow
der Korb	derr korp	basket
der Korbball	derr korp-ball	basket ball
das Kostüm	dass kostewm	fancy dress
das Kotelett	dass kotlet	chop (meat)
der Kran	derr krahn	crane
das Krankenhaus	dass kranken-house	hospital
die Krankenschwester	dee kranken-shvester	nurse

der Krankenwagen	der kranken-vahgen	ambulance
die Krawatte	dee kravatte(r)	tie
der Krebs	derr krayps	crab
die Kreide	dee kryde(r)	chalk
der Kreis	derr kryss	circle
das Kricket	dass cricket	cricket
kriechen	kreekhen	to crawl
das Krokodil	dass krok-o-deel	crocodile
die Krone	dee krone(r)	crown
die Kröte	dee kru(r)te(r)	toad
die Krücke	dee krewke(r)	crutch
die Küche	dee kewkhe(r)	kitchen
der Kuchen	derr kookhen	cake
das Küchlein	dass kewkh-line	chick
der Kugelschreiber	derr koogel-shriber	pen
die Kuh	dee koo	cow
die Kühlerhaube	dee kewler-howbe(r)	bonnet (of car)
der Kuhstall	derr koo-shtal	cowshed
der Kunstradfahrer	derr koonst-raht-fahrer	trick cyclist
der Kürbis	derr kewrbiss	pumpkin
kurz	koorts	short
die kurze Hose	dee koortse(r) hose(r)	shorts
die Kutsche	dee kootsche(r)	stagecoach
lachen	lakhen	to laugh
lächeln	lekheln	to smile
das Lamm	dass lamm	lamb
die Lampe	dee lampe(r)	lamp
der Lampion	derr lamp-yoan	lantern
das Land	dass lant	country
die Landebahn	dee lande(r)-bahn	runway
die Landkarte	dee lant-karte(r)	world map
lang	lang	long
langsam	lang-zahm	slow
der Lastwagen	derr last-vahgen	lorry
der Laternenpfahl	derr laternen-pfahl	lamp post
der Lauch	derr lowkh	leek
laufen	lowfen	to run
lebendig	lebendikh	alive
leer	layr	empty
die Lehrerin	dee layrerin	teacher
die Leiter	dee lyter	ladder
der Leopard	derr layo-pard	leopard
lesen	layzen	to read
der letzte	derr letste(r)	last
der Leuchtturm	derr loykht-toorm	lighthouse
die Leute	dee loyte(r)	people
lieb	leep	good
der Lieferwagen	derr leefer-vahgen	van
der Liegestuhl	derr lzege(r)-shtool	deckchair
der Lift	derr lift	lift
lila	leela	purple
das Lineal	dass leenial	ruler
links	links	left
die Lippe	dee lippe(r)	lip
das Loch	dass lokh	hole
der Löffel	derr lu(r)fel	spoon
die Lokomotive	dee lokomoteeve(r)	engine
der Lokomotivführer	derr lokomoteev-fewrer	train driver
der Löwe	derr lu(r)ve(r)	lion
der Löwenbändiger	derr lu(r)ven-bendiger	lion tamer
das Löwenjunge	dass lu(r)ven-yoonge(r)	lion cub
der Luftballon	derr looft-ballong	balloon
die Luftpumpe	dee looft-poompe	air pump
das Mädchen	dass mayt-khen	girl
malen	mahlen	to paint
der Maler	derr mahler	artist
der Malkasten	derr mahl-kasten	paintbox
der Mann	derr man	man
der Mantel	derr mantel	coat
das Märchen	dass merkhen	fairy tale
die Marionette	dee marionette(r)	puppet
der Markt	derr markt	market

die Marmelade	dee mar-meh-lahde(r)	jam
die Maske	dee maske(r)	mask
das Maßband	dass mass-bant	tape measure
der Matrose	derr ma-trose(r)	sailor
die Matte	dee matte(r)	mat
der Maulwurf	derr mowl-voorf	mole
die Maus	dee mows	mouse
der Mechaniker	derr mekaniker	mechanic
die Medizin	dee meditseen	medicine
das Meer	dass mayr	sea
das Mehl	dass mayl	four
die Melone	dee melone(r)	melon
das Messer	dass messer	knife
der Metzger	derr metsger	butcher
die Milch	dee milkh	milk
das Mittagessen	dass mittak-essen	lunch
der Mond	derr moant	moon
der Mop	derr mop	mop
der Morgenrock	derr morgen-rock	dressing gown
der Motor	derr motor	engine
das Motorboot	dass motor-boat	speed boat
das Motorrad	dass motor-raht	motor bike
das Motorradrennen	dass motor-raht-rennen	speedway cycling
die Motte	dee motte(r)	moth
die Möwe	dee mu(r)ve(r)	seagull
der Mülleimer	derr mewl-ymer	dustbin
der Mund	derr moont	mouth
die Mundharmonika	dee moont-harmonika	mouthorgan
die Murmel	dee moormei	marble
die Muschel	dee mooshel	sea shell
die Mutter	dee mooter	mother
die Mutter	dee mooter	nut
die Mütze	dee mewtse(r)	cap
das Nachthemd	dass nakht-hemt	nightdress
der Nachttisch	derr nakh-tish	locker
der Nagel	derr nahgel	nail
nahe	nahe(r)	near
nähen	nayen	to sew
die Nase	dee nahze(r)	nose
das Nashorn	dass nahz-horn	rhinoceros
naß	nass	wet
der Nebel	derr naybel	fog mist
nehmen	naymen	to take
das Netz	dass nets	net
neu	noy	new
neun	noyn	nine
neunzehn	noyn-tsayn	nineteen
niedrig	needrikh	low
das Nilpferd	dass neel-pfert	hippopotamus
der Notizblock	derr noteets-bloch	notebook
die Nuß	dee nooss	nut
oben	obin	upstairs
die oberste	dee oberste(r)	top
das Obst	dass oapst	fruit
der Obstgarten	derr oapst-garten	orchard
der Obstsaft	derr oapst-zaft	fruit juice
offen	offen	open
das Ohr	dass ore	ear
das Öl	dass u(r)l	oil
die Ölkanne	dee u(r)l-kanne(r)	oil can
der Öltanker	derr u(r)l-tanker	oil tanker
das Omelett	dass omlett	omelette
der Onkel	derr ongkel	uncle
orange	oranje(r)	orange (colour)
die Orange	dee oranje(r)	orange (fruit)
das Oval	dass ovahl	oval
das Paddel	dass paddel	paddle
der Page	derr pahje(r)	pageboy
das Paket	dass pa-kayt	parcel
der Palast	derr pa-last	palace

German	Pronunciation	English
der Pandabär	derr panda-bear	panda
der Pantoffel	derr pantoffel	slipper
der Panzer	derr pantser	tank
der Papagei	derr papa-gye	parrot
das Papier	dass papeer	paper
die Papierkette	dee papeer-kette(r)	paper chain
der Papierkorb	derr papeer-korp	wastepaper bin
der Park	derr park	park
die Party	dee party	party
die Peitsche	dee pyte-she(r)	whip
der Pelikan	derr pelikahn	pelican
die Perle	dee perle(r)	bead
der Pfannkuchen	derr pfann-kookhen	pancake
der Pfeffer	derr pfeffer	pepper
die Pfeife	dee pfyfe(r)	whistle
der Pfeil und Bogen	derr pfile oont bogen	bow and arrow
das Pferd	dass pfert	horse
das Pferderennen	dass pferde(r)-rennen	horse racing
das Pferdespringen	dass pferde(r)-shpringen	show jumping
der Pfirsich	derr pfir-zikh	peach
die Pflanze	dee pflantse(r)	plant
die Pflaume	dee pflowme(r)	plum
pflücken	pflew-ken	to pick
der Pflug	derr pflook	plough
der Pförtner	derr pfu(r)rt-ner	porter
die Pfütze	dee pfewtse(r)	puddle
der Photoapparat	derr foto-apparat	camera
die Photographie	dee foto-grafee	photograph
das Picknick	dass pik-nik	picnic
der Pilot	derr pee-lot	pilot
der Pilz	derr pilts	mushroom
der Pinguin	derr pingoowin	penguin
der Pinsel	derr pinzel	paintbrush
der Pirat	derr peerat	pirate
die Pistole	dee pistole(r)	pistol
die Plastik	dee plastic	model
der Plattenspieler	derr platten-shpeeler	record player
das Plätzchen	dass plets-khen	biscuit
das Poliermittel	dass poleer-mittel	polish
der Polizist	derr politsist	policeman
das Pony	dass pony	pony
das Popkorn	dass pop-corn	popcorn
der Popo	derr po-po	bottom
das Portemonnaie	dass port-monnay	purse
der Postbote	derr post-boate(r)	postman
der Preßlufthammer	derr press-looft-hammer	road drill
der Prinz	derr prints	prince
die Prinzessin	dee printsessin	princess
der Pudding	derr pooding	pudding, trifle
die Puffer	dee pooffer	buffer
der Pullover	derr pool-ofer	jumper, pullover
das Pult	dass poolt	desk
die Puppe	dee poope(r)	doll
das Puppenhaus	dass poopen-house	dolls' house
das Puzzle	dass poozle	jigsaw
das Quadrat	dass kvah-draht	square
das Rad	dass raht	wheel
der Radiergummi	derr radeer-goomee	rubber
das Radio	dass radio	radio
das Radrennen	dass raht-rennen	cycle racing
die Rakete	dee rackayte(r)	rocket
der Rasenmäher	derr razen-mayer	lawn mower
der Rasensprenger	derr razen-shprenger	sprinkler
der Räuber	derr royber	robber
der Rauch	derr rowkh	smoke
raufen	rowfen	to fight
der Raumfahrer	derr rowm-fahrer	spaceman
die Raupe	dee rowpe(r)	caterpillar
der Rechen	derr rekhen	rake
das Rechnen	dass rekhnen	sums
rechts	rekhts	right
das Regal	dass ray-gal	shelf
der Regen	derr ray gen	rain
der Regenbogen	derr raygen-bogen	rainbow
der Reifen	derr ryfen	tyre, hoop
der Reis	derr rice	rice
der Reißnagel	derr rice-nahgel	tack
der Reißverschluß	derr rice-fair-shloos	zip
die Reißzwecke	dee rice-tsvecke(r)	drawing pin
das Reiten	dass ryten	riding
die Reiterin	dee rysereen	rider
der Rennfahrer	derr renn-fahrer	racing driver
das Renntier	dass renn-teer	reindeer
der Rennwagen	derr renn-vahgen	racing car
der Rhombus	derr romboos	diamond
der Richter	derr rikhter	judge
der Riese	derr reeze(r)	giant
das Riesenrad	dass reezen-raht	big wheel
das Ringen	dass ringen	wrestling
das Ringwerfen	dass ring-verfen	hoop-la
der Ritter	derr ritter	knight
der Roboter	derr roboter	robot
der Rock	derr rock	skirt
die Röhre	dee ru(r)e(r)	pipe
das Rollbett	dass roll-bett	trolley
der Roller	derr roller	scooter
der Rollschuh	derr rol-shoo	roller skate
der Rollstuhl	derr rol-shtool	wheel chair
rosa	roza	pink
der Rosenkohl	derr rozen-koal	Brussels sprout
die Rosinensemmel	dee rozeenen-zemmel	bun
rot	roat	red
der Rücken	derr rewken	back
das Ruder	dass rooder	oar
das Ruderboot	dass rooder-boat	rowing boat
das Rudern	dass roodern	rowing
der Rüssel	derr rewssel	trunk
die Rutschbahn	dee rootsh-bahn	slide, helter-skelter
der Sack	derr zack	sack
die Säge	dee zayge(r)	saw
das Sägemehl	dass zayge(r)-mayl	sawdust
die Sahne	dee zahne(r)	cream
der Salat	derr zalat	lettuce
das Salz	dass zalts	salt
der Samen	derr zahmen	seed
die Sandale	dee zandahle(r)	sandal
die Sandburg	dee zant boorg	sand castle
der Sandkasten	derr sant-kasten	sandpit
das Sandpapier	dass zant-papeer	sandpaper
die Sängerin	dee zengerin	singer
der Sattel	derr zattel	saddle
sauber	zowber	clean
die Schachtel	dee shakhtel	box
das Schaf	dass shahf	sheep
der Schäfer	derr shayfer	shepherd
der Schäferhund	derr shayfer-hoont	sheep dog
der Schaffner	derr shaffner	guard
der Schal	derr shahl	scarf
die Schallplatte	dee shall-platte(r)	record
der Schatz	derr shats	treasure
die Schaufel	dee showfel	dustpan
die Schaukel	dee showkel	swing
das Schaukelpferd	dass showkel-pfert	rocking horse
der Schaum	derr showm	bubble
der Schauspieler	derr shaow-shpeeler	actor
der Scheinwerfer	derr shine-verfer	headlight
die Schere	dee shayre(r)	scissors
der Scheriff	derr sheriff	sheriff
die Scheuerbürste	dee shoyr-bewrste(r)	scrubbing brush
die Scheune	dee shoyne(r)	barn
scheußlich	shoysslikh	nasty
schieben	shee-ben	to push
die Schiene	dee sheene(r)	rail
die Schießbude	dee sheess boode(r)	rifle range
das Schiff	dass shiff	ship

German	Pronunciation	English
die Schildkröte	dee shilt-kru(r)te(r)	tortoise
der Schinken	derr shinken	ham
der Schlafanzug	der shlahf antsook	pyjamas
schlafen	shlahfen	to sleep
der Schläger	derr shlayger	bat
der Schlamm	derr shlamm	mud
die Schlange	dee shlange(r)	snake
der Schlauch	derr shlowkh	hose
die Schleuse	dee shloyze(r)	lock
der Schlitten	derr shlitten	sleigh
das Schloß	dass shloss	castle, lock
der Schlüssel	derr shlewssel	key
der Schmetterling	derr shmetterling	butterfy
schmutzig	shmootsikh	dirty
die Schnalle	dee shnalle(r)	buckle
die Schnecke	dee shnecke(r)	snail
der Schnee	derr shnay	snow
schneiden	shnyden	to cut
schnell	shnell	fast
die Schnur	dee shnoor	string
das Schnnrband	dass shnoor-bant	shoe lace
die Schokolade	dee shocko-lahde(r)	chocolate
der Schornstein	derr shorn-shtyne	chimney
der Schrank	derr shrank	cupboard
die Schraube	dee shrowbe(r)	screw
der Schraubenschlüssel	derr shrowben-shlewssel	spanner
der Schraubenzieher	derr shrowben-tseer	screwdriver
der Schraubstock	derr shrowb-shtock	vice
schreiben	shryben	to write
die Schreibmaschine	dee shripe-masheene(r)	typewriter
der Schreiner	derr shriner	carpenter
der Schubkarren	derr shoob-karren	wheel barrow
die Schublade	dee shooblahde(r)	drawer
die Schule	dee shoole(r)	school
die Schulter	dee shoolter	shoulder
der Schuppen	derr shoopen	shed
die Schürze	dee shewrtse(r)	apron
die Schüssel	dee shewssel	bowl
der Schwamm	derr shvamm	sponge
der Schwan	derr shvahn	swan
der Schwanz	derr shvants	tail
schwarz	shvarts	black
das Schwein	dass shvine	pig
der Schweinestall	derr shvine(r)-shtal	pigsty
das Schwert	dass shvert	sword
die Schwester	dee shvester	sister
schwierig	shveerig	difficult
das Schwimmen	dass shvimmen	swimming
sechs	zex	six
sechzehn	zekh tsayn	sixteen
der See	derr zay	lake
der Seehund	derr zay-hoont	seal
der Seestern	derr zay-shtern	starfish
das Segelboot	dass zaygel-boat	sailing boat
das Segeln	dass zaygeln	sailing
die Seidenraupe	dee zyden-rowpe(r)	silk worm
die Seife	dee zyfe(r)	soap
das Seil	dass zyle	rope
der Seiltanzer	derr zyle-tantser	tight-rope walker
der Sessel	derr zessel	armchair
die Sichel	dee zikhel	crescent
das Sicherheitsnetz	dass zikher-hyts-nets	safety net
sieben	zeeben	seven
siebzehn	zeeb-tsayn	seventeen
das Signal	dass zignahl	signal
singen	zingen	to sing
sitzen	zitsen	to sit
das Skilaufen	dass shee-lowfen	skiing
die Socke	dee zocke(r)	sock
der Sohn	derr zone	son
der Soldat	derr zoldat	soldier
der Sommer	derr zommer	summer
die Sonne	dee zonne(r)	sun
der Sonnenhut	derr zonnen-hoot	sun hat
der Sonnenschirm	derr zonnen-sheerm	umbrella
die Soße	dee zoasse(r)	sauce
die Spaghetti	dee spagettee	spaghetti
die Späne	dee shpayne(r)	shavings
die Sparbüchse	dee shpar-bewkse(r)	money box
der Spaten	derr shpahten	trowel
der Speicher	derr shpakten	loft
der Speisewagen	derr shpyze(r)-vahgen	buffet car
der Spiegel	derr shpeegel	mirror
das Spiegelei	dass shpeegel-eye	fried egg
das Spiel	dass shpeel	game
spielen	shpeelen	to play
die Spielkarte	dee shpeel-karte(r)	card
der Spielplatz	derr shpeel-plats	playground
das Spielzeug	dass shpeel-tsoyk	toy
der Spielzeugladen	dass speel-tsoyk-lahden	toy shop
der Spinat	derr shpinaht	spinach
die Spinne	dee shpinne(r)	spider
die Spinnwebe	dee shpinn-vaybe(r)	cobweb
der Sport	derr shport	sport
springen	shpringen	to jump
das Springseil	derr shpring-zile	skipping rope
die Spritze	dee shpritse(r)	syringe
der Stab	derr shtahp	pole
die Staffelei	dee shtaffe(r)-lye	easel
der Stall	derr shtal	stable
die Statue	dee shtatooe(r)	statue
der Staubsauger	derr shtowb-zowger	vacuum cleaner
das Staubtuch	dass shtowb-tookh	duster
die Steckdose	dee shteck-doze(r)	plug
stehen	shtayen	to stand
der Stein	derr shtine	stone
der Stern	derr shtern	star
das Steurrad	dass shtoyer-raht	steering wheel
die Stewardeß	dee stewardess	air hostess
der Stiefel	derr shteefel	boot
der Stier	derr shteer	bull
der Stock	derr shtock	stick
der Strand	derr shtrant	seaside
die Straße	dee shtrasse(r)	street
der Strauß	derr shtrowss	ostrich
stricken	shtricken	to knit
die Strickjacke	dee shtrick-yacke(r)	cardigan, jersey
die Strickleiter	dee shtricklyter	rope ladder
der Strohballen	derr shtro-balen	straw bale
der Strohhalm	derr shtro-halm	drinking straw
der Strom	derr shtrome	stream
die Strumpfhosen	dee shtroompf-hozen	tights
die Stufe	dee shtoofe(r)	step
der Stuhl	derr shtool	chair
die Suppe	dee zoope(r)	soup
das Tablett	dass tablett	tray
die Tablette	dee tablette(r)	pill
die Tafel	dee tahfel	blackboard
der Tanker	derr tanker	petrol tanker
die Tankstelle	dee tank-shtelle(r)	garage
der Tankwagen	derr tank-vahgen	petrol lorry
die Tante	dee tante(r)	aunt
tanzen	tantsen	to dance
die Tänzerin	dee tentserin	dancer
die Tapete	dee ta-payte(r)	wallpaper
die Tasche	dee tashe(r)	bag, pocket
das Taschenmesser	dass tashen-messer	penkhife
das Taschentuch	dass tashen-tookh	handkerchief
die Tasse	dee tasse(r)	cup
das Tätigkeitswort	dass taytikh-kites-vort	doing word
der Tau	derr taow	dew
die Taube	dee towbe(r)	pigeon
das Taxi	dass taxi	taxi
der Teddybär	derr teddy-bear	teddy bear
der Tee	derr tay	tea
der Teelöffel	derr tay-lu(r)fel	teaspoon
der Teich	derr tykh	pond
das Telefon	dass telephon	telephone
der Teller	derr teller	plate